JULES LERMINA

L'ÉLIXIR DE VIE

CONTE MAGIQUE

PRIX : 75 centimes.

PARIS
GEORGES CARRÉ, ÉDITEUR
58, rue Saint-André-des-Arts, 58

1890

PRÉFACE

Peut-on prolonger la vie humaine ?

Telle est la question qui, secrètement ou non, se pose tôt ou tard devant l'esprit investigateur du savant, qu'il s'agisse d'un alchimiste ou d'un professeur du Collège de France.

Les écoles spiritualistes, qui considéraient la vie comme quelque chose d'immatériel, de complet et d'existant par soi-même, fournissaient aux audacieux de solides arguments de recherche. Mais la froide argumentation positiviste de l'Ecole de Médecine de Paris vint détruire ces beaux rêves au nom de l'expérimentation pure, et la vie ne fut plus que le résultat plus ou moins parfait d'actes chimiques accomplis d'après des lois déterminées dans l'intimité des tissus.

Cette lutte entre les deux tendances opposées est

bien curieuse à suivre. — *Bichat* sentant la puissance efficiente de la vie vient la définir : *ce qui résiste à la mort ;* mauvaise définition pour le philosophe ; excellente pour le médecin qui, tôt ou tard, constate la force curative de cette puissance mystérieuse. — *Claude Bernard* jure de savoir à quoi s'en tenir et, renversant la définition spiritualiste de Bichat, il fait de l'étude de la vie la préoccupation constante de ses recherches. De superbes résultats sur les fonctions particulières de divers organes sont acquis chemin faisant, mais le but à atteindre semble reculer sans cesse et le célèbre adversaire de Bichat se déclare vaincu dans un de ses derniers ouvrages (1) : (je cite de mémoire) « La vie, c'est ce qui fait qu'un « œuf de poule et un œuf de rossignol, constitués « chimiquement de même, produisent l'un une « poule, l'autre un rossignol. »

Sans vouloir nous attarder plus que de mesure sur cette question qui touche trop aux « Causes Premières », constatons l'existence en l'homme d'une force qui renouvelle sans cesse les éléments usés et conserve la forme du corps.

Les expériences de *Flourens*, faisant manger de la garance aux animaux, sont venues en effet prouver que les cellules matérielles les plus dures et les plus résistantes du corps humain, les cellules osseuses, mettent au maximun *un mois* à se renouveler. Il en résulte, ainsi que le remarque *Maldan* (1), qu'une personne que nous voyons au bout de trois ou quatre

(1) Claude Bernard, *Science expérimentale.*
(2) Maldan, *Matière et force*, Dentu, 1882.

mois n'est plus la même, matériellement parlant, que celle que nous avons vue quatre mois avant. Pourtant la physionomie n'a pas changé ; la forme générale du corps non plus ; il faut donc qu'il y ait dans l'homme une certaine force qui conserve les formes acquises indépendamment du renouvellement incessant des cellules.

Où se trouve donc cette force ?

Dans l'homme, elle est charriée partout par un petit élément cellulaire, le globule sanguin, qui vient redonner la force aux organes qui en ont besoin et qui court ensuite quérir lui-même une nouvelle provision de cette force pour revenir de nouveau. — Cela s'appelle la circulation.

Empêchez le globule d'arriver à un organe, cet organe *meurt* bientôt, ce qui nous indique que le globule sanguin est bien le siège de cette force qui n'est autre que *la vie*.

Un premier moyen, bien grossier, de redonner la vie à celui qui en manque est donc de lui infuser directement une certaine quantité de globules sanguins vivants. Cela s'appelle la transfusion du sang et c'est là le procédé de rajeunissement de certains riches Orientaux.

Mais la force dans l'homme n'est pas seulement fixée sur cet élément qui circule toujours : la nature a ménagé un peu partout une série de réservoirs dans lesquels cette force vient se condenser, se mettre en tension, s'accumuler pour être répartie ensuite au fur et à mesure des besoins. Ces réservoirs sont des ganglions nerveux réunis souvent en plexus et leur ensemble constitue le mystérieux système de la vie organique représenté par le nerf grand sympathique.

Tout autour du cœur, tout le long de la colonne vertébrale, dans l'intérieur de l'abdomen se trouvent *des centres de réserve de force vitale*, centres sous l'influence desquels se meuvent tous les organes qui marchent sans subir l'action de notre volonté.

Or, un fait depuis longtemps connu des Indous et des Orientaux, c'est que la vie, ainsi mise en réserve peut *sortir hors de l'être humain* et venir agir à distance.

Celui qui possède le secret de cette action pourra donc, non plus soutirer le sang qui doit le revivifier, procédé tout au plus digne des ignorants, mais s'adresser aux réserves vitales et, invisiblement, attirer en lui la force qui lui manque.

A ceux qui douteraient de l'action de la vie hors de l'homme, je citerai les délicates et rigoureuses expériences de *William Crookes*, de la Société royale de Londres (1) sur la Force Psychique et son action à distance, action vérifiée par des appareils mécaniques enregistreurs.

Nous voici donc retombés dans le domaine du Magnétisme animal et du Spiritisme, me direz-vous ?

Appelez-le comme vous voudrez. Que m'importe. Il s'agit là de faits réels, indiscutables, que les Académies admettront dans quelques dizaines d'années.

Puisque je suis lancé sur ce terrain de la science occulte, pourquoi n'irais-je pas jusqu'au bout des

(1) William Crookes, *Force Psychique* (En vente 29, rue de Trévise, Paris).

hypothèses en vous racontant l'origine de la vie humaine d'après les occultistes.

Vous n'ignorez pas, n'est-ce pas, que la vie est en réserve dans les ganglions nerveux du grand sympathique. D'où vient-elle avant d'être condensée là ?

Du globule sanguin, soit directement, soit par l'intermédiaire du cervelet, si l'on en croit les admirables travaux, malheureusement peu connus, du Dr Luys (1).

Ce globule sanguin, où puise-t-il cette force qu'il porte partout sous l'influence de l'oxydation de l'hémoglobine ?

Dans l'air qui baigne et qui vivifie tous les êtres vivants de la terre, soit directement, soit en dissolution.

Toute composition chimique mise à part, d'où vient l'air ?

Un occultiste de haute valeur, *Chardel* (2), montre que l'atmosphère terrestre résulte de l'action du Soleil sur notre Terre. — L'Air est une modalité de la Force solaire.

L'origine première de la Vie, c'est donc le Soleil qui, par une série de transformations successives, arrive à se loger dans un ganglion nerveux sous forme de vie humaine.

Quand je brûle du bois, croyez-vous que je fais autre chose que d'extraire le Soleil que ce bois avait condensé, alors que le végétal était vivant ?

(1) Dr Luys, *le Système nerveux*. Paris, 1865, in 8°.
(2) Chardel, *Esquisse de la Nature humaine*, 1 vol. in-8°, 1840.

Il en est de même pour la vie dans toutes ses modalités.

Un troisième moyen plus mystérieux encore que les précédents consiste donc à aller chercher secrètement les éléments vivificateurs dans le Soleil lui-même ; mais alors nous faisons de la Magie, mot qui sonne mal aux oreilles des savants contemporains et que les littérateurs se chargeront du reste de leur faire comprendre mieux que nous pourrions le faire nous-même.

Il existe en effet de nos jours de véritables centres de recherches où est étudiée la Magie dans toutes ses branches. — Le *Groupe indépendant d'études ésotériques*, la Revue *l'Initiation* (1) traitent de ces questions et de nombreux chercheurs : *Stanislas de Guaita*, *F.-Ch. Barlet*, *Julien Lejay*, *Polti et Gary*, *Augustin Chaboseau* appliquent la Science Occulte à nos diverses sciences contemporaines.

La liste se grossit chaque jour davantage des Mages-Littérateurs représentant toutes les écoles, depuis le catholique ultramontain *Joséphin Péladan*, l'initiateur du mouvement, jusqu'au charmant poète *Gilbert Augustin Thierry*, en passant par le catholique socialiste *Paul Adam* et les poètes *Alber Jhouney*, *Emile Michelet*, *Paul Marrot et L. Mauchel*. Voilà donc une nouvelle école qui se lève à l'horizon, école tout à la fois scientifique, artistique et sociale, et au nom de tous ses partisans je remercie *Jules Lermina* d'avoir prêté son talent de littérateur à l'exposition de cette thèse

(1) 58, rue St-André-des-Arts, Paris.

que la vie peut s'infuser mystérieusement d'un être à l'autre, secret redoutable de l'*Elixir de Vie* des anciens alchimistes et des initiés de l'Orient.

Mais peut-on devenir immortel ?

Demandez à MM. les docteurs *Brown Sequart* et *Variot* ou attendez la prochaine nouvelle de Jules Lermina.

PAPUS.

L'ÉLIXIR DE VIE

I

Il y avait trois mois à peine que j'avais passé ma thèse et conquis enfin ce grade de docteur qui était toute l'ambition de ma jeunesse. Avec quelle joie j'avais écris à mon brave homme de père, avec quelle émotion j'avais ouvert la lettre m'apportant, avec ses félicitations chaleureuses, le billet de cinq cents francs qui allait permettre mon installation à Paris.

Médecin à Paris ! et vingt-sept ans ! il faut avoir passé par ces illusions pour en comprendre toute la force, pour en déguiser toute la saveur. J'étais estimé de mes professeurs, j'avais subi mes examens dans des conditions exceptionnelles de succès ; j'avais, en ces années d'étude, conquis quelques amis sûrs : n'est-il pas vrai que l'avenir devait m'apparaître radieux ?

Mes ressources étaient minces, il est vrai : je savais que mon père, petit cultivateur de la Sarthe, s'était imposé un dur sacrifice en m'envoyant une petite somme, et qu'il ne me fallait plus compter que sur moi-même. Mais j'avais foi en moi, en ma passion de travail, en la *science* qui est indulgente à qui l'aime sincèrement.

Je me mis donc résolument à l'œuvre, prenant pour objectif prochain l'agrégation, que j'étais décidé à poursuivre, tout en commençant à pratiquer. J'étais robuste, j'étais sobre ; en résumé, je me trouvais en conditions excellentes, et je dois d'autant mieux le reconnaître qu'aujourd'hui je suis arrivé, et au delà, au but que je m'étais fixé.

Ce serait coquetterie de ma part que d'insister sur la dureté des premiers temps, que je regrette peut-être quelquefois, ces temps de jeunesse où paraît si bon le pain arrosé d'un verre d'eau. En somme, j'étais, dès mes débuts, convenablement logé ; grâce à ces fournisseurs complaisants — que quelques-uns appellent rageusement des créanciers — et qui furent en vérité mes bailleurs de fonds, puisque à qui n'a pas de capital, il faut bien, sous peine de mort que des avances soient faites, j'étais proprement meublé, confortablement vêtu, et, si j'économisais quelque peu sur la nourriture, en fait nul n'y prenait garde, tant j'avais bonne allure et saine physionomie.

Je ne dirai pas que les clients se portassent en foule chez moi : j'obéissais pourtant avec religion aux prescriptions volontaires que j'avais gravées à la fois, et dans ma conscience, et sur la plaque de cuivre clouée près de la porte cochère : « Docteur-médecin, consultations de deux à cinq heures » — la bonne mesure, comme on voit.

Je n'étais guère dérangé dans mes travaux, et j'aurais pu, s'il m'avait plu, manquer parfois à la consigne que j'avais édictée. Mais j'avais le respect de la parole donnée, et aussi — jugez donc ! — s'il était venu un client en mon absence ! J'avais même peine à sortir de chez moi avant six heures et, après un rapide et frugal repas, je me hâtais de rentrer, redoutant toujours de laisser échapper l'occasion qui ne pouvait manquer de se présenter.

Inutile de dire que je soignais d'ailleurs toute la maison en amateur.

Un soir de septembre, j'avais allumé ma lampe de bonne heure et je piochais avec acharnement, songeant au jour où il me serait donné de proclamer mes idées et mes théories du haut d'une chaire, quand je fus arraché à ma placidité par un violent coup de sonnette.

Tressautant sur ma chaise, je me hâtai vers la porte et j'ouvris, tenant une lampe élevée pour examiner le visage du visiteur.

C'était une dame vêtue de noir, mais dont l'extérieur ne présentait aucun des caractères romanesques qu'on pourrait supposer. Traits assez communs, quarante ans, de l'embonpoint.

Elle pleurait. Je m'empressai de l'introduire dans mon « cabinet de consultation » et, avec une certaine loquacité, je me mis tout à sa disposition.

Mais je m'aperçus bientôt que la pauvre créature

était dans un tel état d'agitation et que, de plus, elle avait monté mes quatre étages avec une telle hâte qu'il lui était impossible d'articuler une parole.

Je n'étais pas encore assez vieux praticien pour ne pas compatir aux faiblesses humaines, et je me mis en devoir de lui préparer un verre d'eau — avec du sucre, s'il vous plaît ! — quand elle murmura :

— Monsieur, je vous en prie... venez, venez tout de suite... Mon enfant...

Un sanglot lui coupa la parole. Mais avait-elle besoin d'en dire plus ? Elle avait besoin de mon ministère... et pour un enfant !...

J'ai toujours adoré ces petits êtres, et ç'a été une de mes plus poignantes douleurs de me sentir, au pied d'un berceau, impuissant et ignorant ! Oh ! la méningite ! quelle ennemie !...

— Je suis à vos ordres, m'écriai-je en saisissant mon chapeau. Habitez-vous loin d'ici ?

— Non, non ! la maison voisine... Pardonnez-moi d'être venue ici, mais justement c'était si près...

J'aurais été mal venu à me blesser de cette excuse... inutile. J'affirmai de nouveau que j'étais prêt à la suivre, et nous sortîmes.

Marchant à côté de la dame, dans la rue, je l'interrogeai au sujet de l'enfant. De quelle maladie était-il atteint ? Depuis combien de temps ?

— Elle se meurt, monsieur ! C'est une fille et qui, il y a six mois, était si fraîche, si forte, si belle !...

— Quel âge ?

— Dix ans. Voilà, monsieur, je suis veuve... je vis

seule avec ma fille. Nous ne fréquentons personne, à l'exception de M. Vincent...

— M. Vincent ?

La pauvre femme crut-elle découvrir dans mon accent — et bien à tort certes — une intention soupçonneuse ? Car elle ajouta vivement :

— Oh ! un vieillard, monsieur, soixante... peut-être soixante-dix ans... mais si bon et qui aime tant ma Pauline !...

Nous avions atteint la maison. Nous montâmes au deuxième étage et nous entrâmes. Le logis était propre, bien tenu. Un ordre parfait y régnait. De la salle à manger, qui servait de pièce d'entrée, nous pénétrâmes dans la chambre à coucher, et là, du premier coup d'œil, je vis, étendue dans un petit lit auprès de celui de sa mère, celle qu'elle avait appelée Pauline.

Il est singulier que la maladie et la mort, contemplés à l'hôpital, pendant la période d'internat, ne nous causent point le centième de l'effet que nous ressentons au chevet de nos premiers malades.

Mon cœur s'était subitement contracté et je m'étais senti pâlir.

La pauvre enfant était blanche, si blanche qu'elle semblait n'avoir plus une seule goutte de sang dans les veines : sous les paupières, aux bords bleuis, le globe de l'œil apparaissait terne, grisâtre, et les mains s'étendaient, longues et maigres, sur les draps d'où leur pâleur ressortait encore.

— Une bougie ! demandai-je vivement.

Et je me penchai sur ce lit, examinant avec une attention profonde ce pauvre être que la mort avait déjà frappé de son doigt, en signe d'irrévocable appel. C'était l'anémie à son dernier période.

Mais quelle lésion pouvait avoir déterminé cet état?

La mère, interrogée, me répéta, avec plus de détails, que sa fille s'était toujours bien portée, qu'elle était — six mois auparavant — d'une santé parfaite, que tout le monde admirait cette fleur vivace et saine en qui se devinait déjà la jeune fille.

— Et il n'y a pas à dire, continuait la pauvre femme en pleurant, qu'il y ait eu le moindre changement dans notre vie. Il y a trois ans que nous demeurons ici. L'appartement est aéré, donne sur des jardins. Je n'envoie pas Pauline à l'école ; c'est notre voisin, M. Vincent, qui lui donne des leçons, et il est trop raisonnable pour l'avoir poussée trop vite.

En vérité, j'avais presque peur de toucher cette frêle créature dont l'épuisement si subit m'épouvantait en me paraissant inexplicable. Cependant je ne pouvais me convaincre qu'il n'existait aucun moyen de la sauver. Aidé de sa mère, j'auscultai l'enfant avec un soin minutieux, et je constatai — avec une véritable stupeur — qu'elle était admirablement conformée ; le cœur était intact et je n'y percevais point le souffle caractéristique de l'anémie, non plus que dans les vaisseaux du cou.

Les poumons étaient intacts et bien développés. Sous cette maigreur d'étisie, la charpente vitale était exceptionnelle. Aucun symptôme de lymphatisme.

La mère n'était point pauvre : avec une petite pension qui lui venait de son mari, ancien garde de Paris, elle possédait une rente de deux mille francs.

De plus, le vieillard dont elle m'avait parlé, M. Vincent, prenait pension chez elle et payait largement.

Par malheur, la jeune fille n'avait suivi aucun traitement régulier, avec un entêtement qui provient d'une défiance irraisonnée, la mère n'avait jamais appelé le médecin, se contentant de remèdes anodins, eau ferrée — des clous dans une carafe — que sais-je ?

Et maintenant j'étais contraint de m'avouer à moi-même que tous mes efforts, pour ranimer cet organisme si étrangement épuisé, n'aboutiraient même pas à une prolongation d'existence, fût-ce de quelques jours.

Je restais là, abattu, vaincu, attendant avec découragement une inspiration qui ne pouvait me venir.

La mère me contemplait, silencieuse, devinant sans doute les pensées poignantes que trahissait mon visage. Je ne savais pas encore cacher mon impuissance sous une phraséologie banale et consolatrice. Je ne m'en fais pas un mérite, le médecin devant agir sur le cerveau comme sur les autres organes.

A ce moment nous entendîmes un bruit de pas dans la première pièce.

— C'est M. Vincent, dit la mère.

La porte s'entr'ouvrit doucement ; mais au même instant, je vis le corps de la jeune fille se soulever, sa tête se tourner, ses mains se tendre du côté où ce bruit — presque imperceptible — s'était produit.

Je soutins l'enfant et, à ma grande surprise, je sentis un effort suprême dans ce pauvre corps, comme si elle voulait s'échapper de mes bras : la porte s'était refermée, et la jeune fille retomba, morte !...

Je poussai un cri, à la fois surpris et désespéré. Cette mort si rapide, sans agonie — cette extinction subite de la flamme vitale — me stupéfiait et j'éprouvais une sorte de colère contre mon inintelligence. Car, en vérité, je ne comprenais rien à ce qui venait de se passer sous mes yeux ; il me semblait que j'étais en proie à un cauchemar,

La mère, avec une clameur navrée, s'était jetée sur le pauvre corps immobile. Je m'écartai du lit et machinalement, comme embarrassé de l'inutilité de ma présence, j'ouvris la porte et je pénétrai dans la première pièce.

Ce fut alors que je vis pour la première fois M. Vincent.

Vêtu de couleurs claires, il portait un habit gris, presque blanc. Il était de taille moyenne, assez replet; mais ce qui me frappa tout d'abord, c'est qu'il me fut impossible de lui attribuer un âge positif. Les cheveux étaient blancs, court frisés et formant trois pointes bien dessinées sur son front et sur ses tempes. Mais le visage était si frais, si rosé, les yeux étaient éclairés d'une lueur si vive qu'en vérité je me demandais si j'avais en face de moi un vieillard ou un jeune homme, qui, par une prédisposition moins rare qu'on ne le croit généralement et tenant au tissu pigmentaire, aurait eu dès l'adolescence les cheveux décolorés.

Et pourtant je me souvenais fort bien que la mère de la morte m'avait parlé de M. Vincent comme d'un septuagénaire.

Il était debout auprès de la fenêtre, attristé, mais

pas autant — me sembla-t-il — que je l'aurais voulu trouver. Il s'inclina poliment et m'interrogea du regard :

— Elle est morte, lui dis-je.

Une subite contraction bouleversa son visage, et dans ce mouvement réflexe, je vis tous ses traits se plisser, montrant les mille rayures qui sont l'indice sûr de la vieillesse. Cette apparence de fraîcheur était toute superficielle. Du reste, sans doute par l'afflux du sang au cœur, provoqué par l'émotion, son teint avait pris subitement une teinte jaunâtre, parchemineuse ; les joues s'étaient creusées sous les pommettes saillantes. En une seconde, un masque de mort s'était plaqué sur cette figure.

Et sans dire un mot, saisissant son chapeau avec un emportement fiévreux, M. Vincent, comme pris d'une peur dont il n'était pas le maître, courut à la porte extérieure, l'ouvrit et — je puis dire — s'enfuit avec une rapidité vertigineuse.

Je pensai que cet abandon d'un ami à l'heure suprême serait un nouveau sujet de désespoir pour la pauvre mère, et je me disposais à revenir auprès d'elle , en dépit de la fausseté de ma situation, quand j'entendis frapper à la porte.

Croyant que M. Vincent, pris de remords, s'était décidé à remonter, j'ouvris promptement. C'étaient deux voisines qui venaient prendre des nouvelles de la jeune fille.

Quand elles eurent appris la catastrophe, elles hochèrent la tête.

— Ça devait finir comme ça, dit l'une.

— Que voulez-vous dire ? demandai-je vivement.

La femme allait répondre, quand la mère, ayant entendu le son de voix connues, sortit de la chambre et se jeta dans les bras de sa voisine en sanglotant.

Mon rôle était fini ; je m'inclinai et je sortis, éprouvant un sentiment d'indicible soulagement à quitter cette maison où ma sensibilité avait été mise à une si rude épreuve.

Je descendais l'escalier, lentement, oppressé cependant par une angoisse dont je définissais mal la nature. Il me semblait que je laissais derrière moi un mystère inexpliqué.

Au moment où je passais devant la loge du concierge, celui-ci m'arrêta :

— Eh ! bien ! monsieur le médecin ? commença-t-il.

— J'ai été appelé trop tard, me hâtai-je de répondre.

L'homme me regarda avec étonnement, comme s'il ne comprenait pas. Je lui donnai quelques explications rapides. Il poussa un vigoureux juron ; puis brandissant le poing vers un ennemi absent :

— Ah ! le bandit ! gronda-t-il. Quand je pense, c'était un colosse de santé, monsieur ! et fraîche et rose !...

— Combien y a-t-il de temps qu'elle est malade ?

— Mais six mois, monsieur, six mois juste !

— Qui donc appeliez-vous tout à l'heure... le bandit ?

— Mais lui ! ce vieux tocasson qui n'avait que la peau sur les os et qui est venu se faire nourrir par la mère aux dépens de la fille ! Oh ! il a profité, lui !

— Quoi ! m'écriai-je, supposez-vous donc qu'elle soit morte de faim ?

— Eh bien ! et de quoi donc alors ?

— Viens donc, mon homme, et ne t'occupe donc plus des affaires des autres ! cria du fond de la loge une voix féminine. C'est l'affaire du médecin de savoir la vérité !...

— Au fait, c'est vrai ! fit le concierge en brisant l'entretien de façon irrévérencieuse.

II

Je rentrai chez moi, fiévreux, presque irrité. Pour la première fois qu'on faisait appel à ce qu'il me plaisait d'appeler ma science, je me heurtais à un cas désespéré : brutalement, la mort me barrait le passage, et il me semblait l'entendre murmurer à mon oreille le mot de la suprême désespérance : « Tu n'iras pas plus loin !... »

Mais je ne souffrais pas seulement de ce sentiment égoïste et humilié : l'angoisse qui me poignait tout à l'heure augmentait. Pour m'y soustraire, j'essayais de classer mes idées, de grouper les faits remarqués et d'obtenir d'eux une réponse aux doutes qui m'irritaient.

L'état de cette enfant ne répondait à aucune des observations connues. J'ouvrais mes livres un à un, et nulle part je ne trouvais rien qui me satisfît. La malade ne présentait aucun des symptômes classés, et c'était là justement ce qui me troublait le plus : l'absence de symptômes s'affirmait à chaque instant davantage. Fallait-il croire, selon l'insinuation du concierge, aux mauvais traitements, à l'inanition ? Mais, outre que les allures de la mère, l'affection profonde et non jouée qu'elle portait à sa fille donnaient un absolu démenti à ces suppositions, l'état physique de la malade donnait, à ce point de vue, des contre-indications formelles.

Pendant le peu de temps que j'avais pu l'examiner et l'ausculter, j'avais été surtout étonné de l'état sain des organes importants. Il y avait eu évidemment déperdition de vitalité, lente ou rapide ; mais elle ne s'était opérée par aucun de ces accidents qui laissent en l'organisme des lésions ordinairement faciles à constater.

Mais pourquoi les deux commères avaient-elles paru si bien comprendre ce qui, pour moi, restait inexpliquable ? Pourquoi le concierge avait-il semblé dans ses interjections rapides, accuser l'étrange personnage que je connaissais sous le nom de M. Vincent, dont l'abord, il est vrai, m'avait frappé d'une impression pénible, mais que nul indice ne me permettait de soupçonner... Et sur quoi auraient porté mes soupçons ? Si horribles que pussent être certaines hypothèses, je m'y arrêtais et, là encore, groupant mes observations, j'acquérais la conviction qu'elles n'auraient reposé sur aucune base possible.

Puis, je le répète, il est des physionomies qui ne

trompent pas, et celle de cette mère respirait la plus parfaite honnêteté. Elle aimait sa fille, ne l'avait jamais quittée... Non, non, il était inutile de se lancer sur une piste que tout démontrait fausse et calomniatrice.

A la fin, cet examen de raison et de conscience m'énerva à ce point qu'il me fut impossible de rester seul plus longtemps. J'avais besoin d'entendre des voix humaines, d'échanger mes pensées, de me rafraîchir le cerveau dans le flot des banalités courantes.

Je sortis. Quand j'entrai dans le cercle de lumière projeté par le gaz de la brasserie, et d'où émergeait la silhouette remuante des jeunes gens, ce fut une clameur de bienvenue. Depuis ma thèse, on ne m'avait pas vu trois fois. Et les quolibets amicaux de pleuvoir sur moi, et les mains de m'attirer, pour me contraindre à m'asseoir devant une pile de soucoupes, obélisque obituaire des chopes disparues. Je ne me fis pas prier, d'ailleurs. Ce bruit, cette exubérance me rassérénaient.

Il me fallut rendre raison de ma perpétuelle réclusion, me défendre d'ingratitude envers les anciennes amitiés, confesser mes ambitions et mes espérances, mais surtout trinquer et retrinquer encore, en absorbant l'horrible dilution alcoolisée qu'en notre beau pays on décore du nom de bière, et dont le principal mérite — apprécié surtout du vendeur — est de condamner le moins altéré à une soif dévorante, mère du renouvellement.

Sous cette influence excitante pour le cerveau,

jusqu'au moment où elle torture l'estomac, mes idées se faisaient plus nettes : je reprenais la perception active des faits et en même temps, je sentais un invincible désir de raconter l'étrange aventure à laquelle j'avais été mêlé tout à l'heure. Naturellement je ne tardai pas à y succomber et, d'une seule haleine, je narrai l'incident.

Comme il s'agissait d'un enfant — l'éternel problème qui émeut les plus sceptiques — on m'écouta attentivement, et nul ne me railla lorsque j'affirmai l'émotion douloureuse que m'avait causée mon ignorance.

— Ecoute, me dit Gaston Dussault, un jeune docteur dont nous reconnaissions tous la haute valeur, je n'ai pas la prétention de te donner le mot du logogriphe que tu nous proposes. Mon observation sera d'un caractère plus général et en même temps de nature, hélas ! peu encourageante. Il y a deux périodes dans la vie du médecin. La première — temps de jeunesse — comporte la curiosité ardente, la volonté de vaincre le mal, le dévouement que rien ne rebute. C'est aussi le temps du travail acharné, avec quinze et vingt heures de lecture ou de griffonnage, avec la brûlure des yeux à des mèches de chandelles fumeuses et mal odorantes. Or pendant que nous potassons avec cette furie, la vie marche, s'agite, se rue autour et en dehors de nous. Nous nous bouchons les oreilles pour n'entendre pas le bruit que fait l'humanité, la grande malade souffrant par les poumons, par le cœur, par le cerveau. Nous demandons à autrui la science toute faite, celle que le passé a entassée dans les in-8° formidables de lourdeur et de prix et le temps nous manque pour apprendre le secret de la vie et de la mort dans le seul livre toujours ouvert, illustré de *schemas* toujours nouveaux, sincères et probants, et ce livre, le voici...

D'un geste circulaire, il montrait le boulevard ; le gaz jetait ses bandes blanchâtres dans lesquelles roulait le flot incessant des promeneurs.

— Voilà le grand manuel de pathologie interne et externe, continua-t-il ; voilà la physiologie en action. Que voyons-nous de cela nous, les jeunes, rivés à l'hôpital ou au cabinet de travail ? Et ceci est un volume, un chapitre, un alinéa de la vaste encyclopédie médicale qui est la société tout entière. Ah ! s'écria-t-il d'un accent dont la sincérité nous frappa, avoir le temps — c'est-à-dire l'argent de la vie quotidienne — et se consacrer tout entier à la lecture de la bibliothèque humaine, de ce dictionnaire universel dont chaque homme est une page, l'épeler, la transcrire, l'annoter... et après cela faire de la médecine ! Que dis-je ? Après cela, la médecine serait faite... car alors on aurait autopsié, non des cadavres, mais des êtres vivants, des cerveaux, des poitrines et des cœurs... Dix ans d'observations accomplies avec le superbe courage que nous mettons à remuer des cendres d'érudition, et la vraie flamme jaillirait !...

— Mais après le travail forcené auquel nous devons nous condamner, m'écriai-je, il nous reste plus de la moitié de notre vie...

— Pour devenir le second homme qui est en tout médecin, interrompit-il, le découragé, le sceptique, l'ignorant, le praticien banal et routinier qui vise la croix d'honneur et l'Académie. Quand nous nous évadons des livres, nous sommes aveugles et ne voyons plus l'homme...

A ce moment, je poussai une exclamation et, posant ma main sur son bras :

— Regarde, lui-dis-je.

Il suivit l'indication que lui donnait mon doigt.

— Quel est cet homme ? demanda-t-il.

— C'est le vieillard dont je te parlais tout à l'heure... M. Vincent!...

En effet, sous le reflet cru des cristaux dépolis, le vieillard s'avançait, lentement, péniblement, et je frissonnais en constatant l'incroyable changement qui s'était produit en lui depuis une heure à peine que je l'avais quitté.

Il me paraissait blafard, maigre, voûté, brisé. A chaque pas traîné sur l'asphalte, il regardait autour de lui, tournant son cou branlant dont je croyais entendre craquer les vertèbres.

— Hé! mais, s'écria un de nos voisins, c'est le vieux Thévenin! Il n'est donc pas mort?

— En effet, reprit Gaston, qui l'avait regardé plus attentivement; je ne l'avais pas reconnu tout d'abord...

— Mais qui est M. Thévenin? demandai-je impatiemment.

Sans me répondre directement, Gaston continua, comme se parlant à lui-même :

— Je l'ai rencontré il y a quelques mois à peine, il était alerte et rajeuni...

— Puisque moi-même, il y a une heure, j'ai cru, en le voyant, me trouver en face d'un homme encore jeune... Il se peut, après tout, que le chagrin ait produit cette métamorphose...

— Viens, me dit Gaston, en me touchant légèrement l'épaule ; je te dirai ce que je sais de lui...

M. Vincent — je continuerai à lui donner ce nom, qui lui appartenait réellement : il s'appelait Vincent Thévenin — avait franchi la zone de lumière dont nous occupions le centre.

Je me levai avec empressement et suivis mon camarade.

En un instant, nous eûmes retrouvé la piste du vieillard, qui remontait le boulevard, se perdant à travers la foule rieuse et gaie qui jouissait de cette soirée d'été plantureuse et vivifiante.

Son dos étroit semblait appartenir à un personnage macabre.

— Parle, dis-je à mon camarade ; hâte-toi de me dire ce que tu sais de ce personnage qui m'intéresse, m'inquiète et m'irrite tout à la fois.

— Suivons-le d'abord, reprit Gaston ; je connais son passé, il me plairait de connaître quelque chose du présent.

Je dus commander à mon impatience et, réglant notre pas sur celui de M. Thévenin, nous nous arrangeâmes de façon à ne le pas perdre de vue.

Je remarquai alors que devant chaque café il s'arrêtait, restant sur le seuil et fouillant du regard, cherchant sans doute quelqu'un... ou peut-être quelqu'une, ajouta Gaston en riant. En effet, il se portait de préférence devant les établissements fréquentés par les jeunes femmes du quartier.

— C'est une simple plaisanterie, du reste, ajouta Gaston; car, outre que Thévenin a toujours été fort chaste, il doit être plus que centenaire...

— Centenaire !

— J'ai trente-cinq ans, reprit mon interlocuteur, et, quand j'en avais quinze, celui qui me raconta l'histoire de Thévenin m'affirma qu'il vivait déjà en 1789.

Cependant le vieillard avait repris — non sa course — mais son glissement silencieux qui lui donnait un caractère quasi-fantastique.

A mesure qu'il marchait, il semblait qu'il se courbât davantage sous un poids devenu plus lourd : son apparence falote s'accentuait. En vérité, nous en venions à craindre qu'il ne s'affinât au point de s'évanouir dans l'air et de disparaître tout à fait.

Arrivé à l'extrémité du boulevard, il s'arrêta, comme hésitant sur la direction qu'il devait suivre: mais l'heure passait, les promeneurs devenaient rares. Etant tout près de lui, presque à le toucher, nous le vîmes esquisser un geste qui tenait à la fois de la colère et du découragement; et il s'engagea dans une rue transversale.

Nous ne perdîmes pas sa trace et bientôt nous le vîmes traverser la rue et marcher droit à une porte cochère, devant laquelle une grosse femme — évidemment une concierge — humait les fraîcheurs de la soirée, tenant sur les genoux un garçon de six à sept ans, solide et gras.

A peine le gars eût-il aperçu Thévenin qu'il sauta en bas du giron de sa mère et courut à lui à grandes enjambées. Il heurta même si fort le vieillard que nous craignîmes un instant qu'il ne le renversât. Mais au contraire, avec une force qui nous étonna, Thévenin le saisit dans ses bras, l'enleva de terre et l'embrassa longuement :

— Pauvre homme, murmurai-je attendri, il pense à la petite morte.

Cependant la grosse femme rappelait son garçon, l'objurgant en criant :

— Veux-tu bien laisser monsieur... petit gredin !... Je vous demande pardon, monsieur Vincent...

Il répondait doucement, tapotant les joues du petit qui était revenu se coller contre lui.

— Ah ! je sais bien que vous êtes le papa Gâteau de tous les enfants ! continuait la femme, et, du plus loin qu'ils vous aperçoivent, ils courent à vous...

Cependant M. Vincent n'entrait pas, quoique la concierge se fût écartée pour lui livrer passage.

Il paraissait hésiter ; puis il lui dit timidement :

— Vous ne voulez pas me le confier..., je lui apprendrais tant de belles choses !

— Oh ! ce serait avec plaisir, monsieur Vincent. Mais vous savez bien qu'il reste à la campagne, chez sa grand'mère. Pour qu'on me l'ait prêté huit jours, il a fallu la croix et la bannière... Et puis l'air est si bon là-bas !...

M. Vincent n'insista pas. Il embrassa encore une fois l'enfant et disparut dans le long corridor. Il semblait rajeuni, en vérité.

Gaston s'approcha :

— C'est bien le savant M. Vincent Thévenin qui vient de rentrer ?...

— Oui, monsieur. Ah ! oui, un savant, et puis un si brave homme ! Le père aux enfants, quoi ! Et ils le savent bien, les petits gueux ; ils lui soutirent des sous toute la journée.

— Il demeure ici ?...

— Depuis dix ans...

— Je l'ai un peu connu autrefois. Il me paraît bien vieilli...

— Ne vous y fiez pas ! Tenez, il y a six mois, il était si cassé qu'il n'avait plus que le souffle. Tout à coup, patatras ! ç'a été comme un coup de baguette. Je ne sais pas ce qu'il avait inventé pour se soigner, mais en moins de six semaines il était retapé... là... à neuf ! au point que, si j'avais été veuve...

Elle rit franchement, en femme qui peut se permettre un peu de gauloiserie sans que personne y trouve à critiquer.

— Mais quel âge lui donnez-vous ? ajoutai-je.

— Oh ! un zeste ! dans les quatre-vingt-quinze.. au moins.

— Voilà l'homme, reprit Gaston quand, nous étant éloignés, nous eûmes repris notre promenade. Très estimé, très respecté, aimant les enfants. Qu'en dis-tu ?

— Rien. J'attends son histoire.

— Elle est fort simple, en somme, j'entends pour nous qui, en fait de science, n'admettons guère l'impossible. M. Vincent de Bossaye de Thévenin est le dernier descendant d'une grande famille qui a émigré pendant la Révolution française. Son père était un des cent actionnaires à 2,400 livres du fameux Mesmer, qu'il suivit en Suisse où, comme tu le sais, le célèbre thaumaturge résida jusqu'à sa mort, survenue en 1815. M. de Bossaye père rentra en France avec les Bourbons et mourut bientôt après, laissant un fils, celui qui nous occupe. Vincent suivit les leçons de Carra et de Saussure, conquit ses grades dans la médecine et s'attacha au fameux Deleuze, qu'on surnommait, sous la Restauration, l'Hippocrate du magnétisme animal.

« Dès lors, il rompit en visière avec la routine académique, fut pendant quelques années secrétaire de la Société magnétique fondée par le marquis de Puységur et devint enfin l'ami, le secrétaire, l'*alter ego* du marquis de Mirville, directeur de la Société d'Avignon et auteur d'un très étrange ouvrage sur *les esprits et leurs manifestations fluidiques*.

J'interrompis vivement Gaston, m'écriant :

— En somme, ce grand savant est un spirite... un fou !

— Pourquoi t'emporter ainsi ? reprit Gaston en souriant. L'homme qui, il y a cent cinquante ans, aurait prévu l'éclairage électrique des gares de chemins de fer eût paru digne d'être enfermé aux Petites-Maisons. La science part d'un fait minime et grandit par les hypothèses. Un fou ! continua-t-il en s'animant ; crois-tu que Crookes, qui a découvert un métal nouveau, le thallium ; qui a posé l'irritante énigme du radiomètre, dont le fonctionnement visible reste encore inexpliqué, soit un fou ? Eh bien ! étudie ses dernières recherches et dis-moi si tu ne sens pas ébranlé en toi *quelque chose* que tu jugeais bien solide. Mais revenons à M. Vincent. Depuis 1825, environ, cet homme — en qui se combine l'étonnante patience du fakir avec l'active persévérance du chercheur — a été le chef universel, reconnu et respecté, de cette bizarre population de magnétiseurs et de magnétisés, beaucoup plus nombreuse qu'on ne le croit, dont la bonne foi ne peut être suspectée et qui a les passions, les vaillances de l'apostolat. Alexandre Bertrand, Georget, furent ses élèves, et cependant jamais Thévenin n'a permis que son nom fût prononcé. Il n'intervint pas directement dans la fameuse querelle avec l'Académie qui, en dépit du rapport d'Husson, se termina par un refus absolu de la docte compagnie de prendre le magnétisme au sérieux. Tu n'ignores pas que cette décision date de 1837, sur l'initiative du docteur Dubois d'Amiens.

Le docteur Thévenin ne protesta pas : au contraire, il sembla se désintéresser de la question, et rompit avec ses adeptes. Mais je sais de source certaine qu'il n'abandonna pas ses études. L'homme de qui je tiens tous ces détails et qui a été un des derniers élèves de Thévenin m'a déclaré, quelques mois avant sa mort que la science de son maître l'épouvantait — c'est le propre terme qu'il a employé. Et il ajoutait :

« — Ne croyez à aucune jonglerie, à aucun charlatanisme, non plus qu'à une de ces *déséquilibrations* cérébrales qui peuvent tout expliquer par un intérêt d'argent ou d'orgueil, sinon par la folie. M. Vincent est l'homme le plus froid, le plus strictement positif que j'aie rencontré de ma vie. Jamais il n'a procédé par à-coups, c'est-à-dire en laissant au hasard le soin de décider du bien ou du mal fondé de ses observations. Il va lentement d'un point à un autre, degré par degré, soumettant aux vérifications les plus minutieuses chaque progrès obtenu. C'est peut-être en raison de cette lenteur même que j'ai tant de peine à le suivre : sans cesse mon imagination m'emporte et m'entraîne en fausse route. Lui va tout droit, sans s'écarter d'une ligne de la voie tracée.

« Tu comprends, continua Gaston, combien j'étais curieux d'obtenir des détails. Science soit ! mais quelle science ? A toutes les questions que je lui adressai, mon ami répondit avec une discrétion qui équivalait à un refus de divulguer les secrets de son maître. Cependant, voici ce que je pus obtenir. M. Vincent ne s'est préoccupé ni de la seconde vue ni de la prévision de l'avenir. Ses études portent uniquement sur le fait physiologique, ou même physique, d'une force radiante — exactement le terme employé depuis par Crookes — émanant du corps de l'homme et dont l'action — attirante ou pénétrante — peut s'exercer à distance et sans l'aide d'un conducteur matériel.

« Tu vois que de là à l'hypnotisme et surtout à la suggestion, il n'y a qu'un pas.

« Avec l'audace de la jeunesse, je me suis rendu chez M. Vincent et j'ai tenté de le confesser. Un homme très singulier, en vérité et qui m'a produit une impression telle que jamais je n'en ai éprouvé de semblable. Pendant que je lui parlais, m'autorisant du nom de mon ami — qui alors n'existait plus — pour m'offrir en quelque sorte à prendre sa succession d'élève, M. Vincent me regardait : et, chose singulière, je ressentais un effet qui n'était ni l'engourdissement somnambulique, ni la fascination hypnotique : mais il me semblait qu'une irrésistible attraction s'exerçait sur moi. Comprends-moi bien : mon corps n'était pas entraîné vers lui, mais *quelque chose* qui émanait de toute la périphérie de mon corps, comme si à travers mes pores une substance impalpable, éthérienne, avait été projetée de moi vers lui. L'effet ne dura d'ailleurs que quelques secondes, puis cessa tout à coup.

« — Quel âge avez-vous ? me demanda-t-il brusquement.

« — Vingt-six ans, lui répondis-je.

« — Vous travaillez trop, reprit-il. Vous vous dépensez trop vite et trop tôt. Prenez garde, économisez-vous.

« Je ne comprenais guère, me sentant jeune et vigoureux, sous cette réserve qu'après l'effet singulier dont je viens de te parler je ressentais une sorte de lassitude, comme après un excès.

« J'essayai de revenir au sujet qui m'avait amené. Mais il m'interrompit.

« — N'attendez rien de moi, me dit-il avec une certaine rudesse. En l'état actuel des connaissances, ou plutôt en face de l'ignorance universelle, il m'est interdit de communiquer à qui que ce soit ce que je sais.

« — Mais pourquoi donc ? m'écriai-je. Pourquoi

ne pas nous aider, nous les jeunes gens, à lutter contre les stupides routines ?

« — Pourquoi ? acheva-t-il en se levant et en dardant sur moi ses yeux dans lesquels brillait une flamme; parce que... parce que ma science est un crime !

« Et alors, sans que j'eusse insisté, il se mit, en un discours d'une éloquence stupéfiante, à me tracer un tableau complet, encyclopédique, de la science actuelle. Il n'était pas un système, pas une théorie, pas une découverte qu'il n'eût étudiée et vérifiée. Et avec une verve sarcastique qui parfois devenait féroce, il flagellait les préjugés, les timidités, les lâchetés qui arrêtaient tous les travailleurs au seuil de la science réelle. Prophète inouï, il me prédit, il y a de cela dix ans, les quelques progrès que nous avons accomplis depuis lors ; il voyait — positivement — au delà de notre horizon, et cela sans charlatanisme, par la force de déductions dont j'appréciais moi-même la justesse. Et quand il eut terminé, il ajouta, en me congédiant d'un geste :

« — Je vous refuse ma science, qui est criminelle... Oui, criminelle ! car elle augmente, elle centuple l'inégalité terrible qui, dans la lutte pour la vie, fait les vainqueurs et les vaincus.

« Sur cette parole énigmatique, je dus me retirer, emportant, je l'avoue, une impression d'admiration terrifiée. Oui, en ces quelques minutes d'entretien, cet homme m'était apparu comme un être surhumain, à la fois superbe et sinistre. Y avait-il là prédisposition nerveuse ? C'est possible. Cependant, si je voulais peindre d'un mot l'étrange concept qui avait jailli de son cerveau, tout à coup, sans raisonnement, comme ces mots qui parfois obsèdent la mémoire sans cause appréciable, je te dirais — ne ris pas de moi surtout — que cet homme m'avait produit l'effet d'un vampire savant. Qu'est-ce que cela veut dire ? Aujourd'hui encore, je serais bien embarrassé de l'expliquer nettement. Cherche si tu veux !

« Là-dessus, il est tard. Rentrons.

« — Encore un mot, dis-je. As-tu revu M. Vincent ?

« — Oui, plusieurs fois je l'ai rencontré, tantôt vieux, brisé, comme il nous est apparu ce soir ; tantôt, au contraire, rajeuni, vivace, rosé, robuste.

« — Et tu le crois centenaire ?

« — Rappelle-toi les dates que je t'ai citées, et conclus. »

Un instant après, nous nous séparions, et bientôt seul, chez moi, à la lueur de ma lampe, je reprenais l'étude interrompue.

On a souvent ri de la rapidité avec laquelle les enfants passent d'une idée à une autre. Au moment où toute leur attention est concentrée sur un fait, voici qu'une mouche s'envole et, soudain, le cours de leurs pensées est modifié, et ils oublient ce qui, à la minute précédente, excitait si fort leur intérêt.

Des enfants aux hommes, la différence est-elle, après tout, si grande ? L'importance des faits qui détournent l'attention des uns et des autres est, en réalité, équivalente et a pour mesure commune l'intensité diverse de leurs sensations. La course d'un chat nous laisse indifférents et ne nous trouble pas :

mais une jupe qui passe nous arrache à nos réflexions de l'heure et parfois nous emporte bien loin du chemin que nous suivions.

Puis-je dire quelles circonstances m'empêchèrent de donner suite au dessein bien net que j'avais formé de revoir M. Vincent et de l'étudier de plus près ? J'en serais fort embarrassé. Des impressions nouvelles, les unes futiles, les autres plus graves, s'étaient superposées à celle-là : à peine si, de temps à autre, le souvenir de l'étrange personnage traversait ma mémoire, mais à la façon d'une vision vague et sans contours précis.

Des semaines, des mois, deux années passèrent et amenèrent dans ma situation d'importants changements : mon père était mort, me laissant une petite fortune amassée sou à sou, avec cette ténacité superbe du paysan qui se prive de tout pour assurer l'avenir de l'enfant. La clientèle était venue, et j'avais renoncé à mes projets de professorat. Enfin je m'étais marié et, dans les délais légaux, mais rigoureux, je fus père d'une adorable petite fille.

On devine si M. Vincent et sa science-crime étaient loin de ma pensée. Et encore, et encore les années s'écoulèrent. L'aisance était venue ; mes études sur les maladies nerveuses, mes expériences sur les hystériques avaient fait quelque bruit. Ma fille grandissait de plus en plus adorable et adorée. J'étais heureux, et cependant j'avais une histoire, car les Académies accueillaient mes communications, et les *Revues* les imprimaient. Une épidémie de choléra m'avait mis définitivement en lumière et m'avait signalé à la bienveillance rubanière du gouvernement.

Il y avait justement dix ans que j'avais passé quelques heures à deviser sur un trottoir, avec mon ami et maître Gaston, sur le personnage en question, et j'avais oublié jusqu'à son nom, quand le hasard, qui dispose toute notre vie, me le rappela en des circonstances encore plus bizarres que la première fois.

Un de mes confrères, le docteur F..., directeur d'une maison de santé, m'écrivit un billet pour me prier de passer chez lui — à loisir — dans le but d'examiner une de ses malades.

Me trouvant alors surchargé de besogne, je tardai de quelques jours à me rendre à son invitation. Mais sur une nouvelle lettre plus pressante, je me hâtai d'aller chez lui. Le cas dont il désirait m'entretenir était des plus intéressants et rentrait exactement dans la spécialité des études auxquelles je m'étais voué. Il s'agissait du très curieux phénomène du dédoublement de la personnalité, et, pendant plusieurs heures, nous nous livrâmes à des expériences d'un intérêt toujours grandissant. Mais, craignant de fatiguer la malade outre mesure, nous prîmes rendez-vous pour le lendemain.

Nous descendîmes dans le jardin qui précède le magnifique établissement que toute l'Europe connaît et admire, et lentement mon confrère me reconduisait, me communiquant le résultat de ses observations personnelles sur le sujet que nous venions d'examiner.

Au moment où nous allions franchir la grille d'entrée et échanger la poignée de main d'adieu, un petit garçon déboucha d'une allée de lauriers et de troènes et, courant vers le docteur, se jeta dans ses bras.

Celui-ci le souleva, et me dit :

— Monsieur mon fils... huit ans... et une bonne nature.

C'était un très joli enfant, aux traits délicats, mais qui me parut un peu pâle. Je le caressai en songeant à ma petite fille, si rose et si fraîche, et je dis :

— Pourquoi donc courais-tu si vite? On dirait que tu te sauvais ?

Question banale et à laquelle je n'attachais aucune importance.

— Oh ! c'est pour rire ! fit le gamin. C'est pour taquiner M. Vincent...

— M. Vincent ! m'écriai-je ; quel M. Vincent ?

Ce nom avait vibré en ma mémoire comme un coup de clairon.

L'enfant répondit avec une certaine irritation :

— Pardi ! il n'y a qu'un M. Vincent... c'est papa Gâteau !

Papa Gâteau ! On appelait ainsi un M. Vincent, il y avait dix ans.

— C'est un bien singulier personnage, ajouta mon confrère.

— Serait-ce Vincent... Thévenin ?

— Lui-même. Vous le connaissez ?...

— Il n'est donc pas mort !

— Ah ! vous aussi, fit le docteur en riant, vous le croyiez disparu. Point. Cent dix à cent quinze ans, mon cher. Qu'on dise après cela que la folie n'est pas un brevet de longévité !

— Et depuis quand est-il dans votre maison ?

— Depuis quatre mois environ. Et il y est entré en

des circonstances bien curieuses que je vous raconterai demain ; car, pour aujourd'hui, ma journée quotidienne me réclame. Il est six heures...

— Six heures ! moi aussi je suis en retard. A demain, nous causerons de M. Vincent.

— A vos ordres, cher confrère.

Je me jetai dans ma voiture, dont la portière se referma sur moi. J'étais dans un singulier état d'agitation, mordu d'une indicible curiosité. En une seconde, j'avais revu tout le passé, le petit appartement dans lequel j'attendais patiemment un client trop retardataire, puis la pauvre mère accourant et m'appelant à l'aide, puis ce lit funèbre où gisait la jeune fille. Je me demandais si aujourd'hui, en face du même problème de mort, je serais plus habile qu'alors. Et, en vérité, je frissonnais, me disant qu'aujourd'hui comme alors je ne comprenais rien à cette catastrophe. J'essayais de sauver mon orgueil, en supposant que certains symptômes avaient échappé à mon diagnostic qui maintenant me frapperaient au premier coup d'œil. Et je sentais que je me mentais à moi-même. Non, je n'avais rien deviné et, fussé-je appelé demain dans des conditions identiques, je ne devinerais rien !

A cette souffrance d'amour-propre, à ce regret sincère du travailleur, se juxtaposait alors le souvenir de M. Vincent, de cet être falot, presque fantastique qui vivait, vivait encore, vivait toujours, en dépit de la sénilité abominable qui nous avait si fort troublés, Gaston et moi, alors que nous le suivions par les rues.

Par quel miracle avait-il résisté au poids écrasant

d'un siècle, auquel venaient encore s'ajouter dix années ! Je me rappelais les paroles inexplicables que m'avait rapportées Gaston :

« Ma science criminelle centuple l'inégalité terrible qui, dans la lutte pour la vie, fait les vainqueurs et les vaincus. »

Et aussi ce mot échappé à mon ami, comme l'expression d'une idée réflexe : « Un vampire savant. »

Ces mots accouplés ne présentaient en réalité aucun sens à mon intelligence : mais je les répétais mentalement avec une sorte d'horreur, comme les termes d'un problème insoluble, expression d'une algèbre inconnue.

Jusqu'à mon retour en mon cabinet, il me fut impossible de me soustraire à cette obsession. Par bonheur, le travail, puis les occupations de la soirée, puis le sommeil eurent enfin raison de cet état anormal. Au matin, la hantise s'était évanouie et, de toute cette émotion, je n'avais conservé qu'un prurit de curiosité qui n'avait plus rien de maladif.

A l'heure convenue, je me présentai de nouveau chez le docteur F..., qui me parut soucieux. L'interrogeant avec un intérêt dicté par la sincère sympathie qu'il m'inspirait, j'appris que depuis quelque temps la santé de son fils lui donnait de vagues inquiétudes. Il coupa court d'ailleurs à ces confidences, repris par la passion du chercheur, et nous nous rendîmes à l'infirmerie auprès du sujet que nous avions déjà examiné la veille. Nous restâmes plusieurs heures absorbés dans l'étude des stupéfiantes manifestations de la catalepsie et de l'hypnotisme. Puis nous revînmes dans le cabinet du docteur afin de coordonner nos observations.

— Maintenant, lui dis-je, permettez-moi de vous rappeler que vous m'avez promis hier de me parler plus longuement de votre pensionnaire, M. Vincent.

— Je ne vous ai pas oublié, et je ferai mieux que de vous exposer mes souvenirs. J'ai l'habitude, à l'entrée de mes clients, de relater par écrit les circonstances intéressantes de notre première entrevue.

Le docteur se leva, ouvrit un carton et en tira quelques feuilles de papier qu'il me remit, en ajoutant :

— Lisez, pendant que je vaquerai à quelques occupations nécessaires. Je reviendrai tout à l'heure.

Resté seul, voici ce que je lus :

« Aujourd'hui 15 avril 188., à six heures du soir, on me présenta la carte d'un visiteur qui réclamait un entretien immédiat. Elle portait ce nom : *Vincent de Bossaye de Thévenin, de la faculté de médecine de Paris*. J'eus un mouvement de surprise. Comme aliéniste, j'ai dû m'occuper spécialement de l'histoire du magnétisme animal, et je me rappelai avoir été frappé de ce nom, à une époque déjà lointaine. Il me semblait qu'il devait être porté par un contemporain de mon grand-père ou tout au moins de mon père. Je donnai ordre d'introduire immédiatement la personne qui avait remis cette carte, et un instant après je vis entrer un vieillard portant dans tout son être la trace non équivoque de la décrépitude, quoique sur le visage parcheminé subsistassent des vestiges singuliers d'une fraîcheur inaccoutumée. La marche témoignait encore d'une certaine vigueur.

« M. Thévenin s'inclina, je lui rendis son salut en lui désignant un siège, puis je le priai de me faire connaître le motif de sa visite.

« — Je viens, me dit-il d'une voix qui n'avait point de tremblotement sénile, je viens vous prier de me prendre comme pensionnaire... Oh ! payant, bien entendu, ajouta-t-il vivement, comme pour répondre d'avance à une objection possible.

« — Pardon, lui dis-je, mais vous êtes bien le docteur Thévenin ?...

« — L'ancien élève de Mesmer, l'ami de Puységur. C'est bien moi.

« — Vous devez être très âgé ?...

« — J'ai cent neuf ans...

« — Ne prenez point pour une défaite l'objection que je dois vous faire. Ignorez-vous que ma maison est spécialement destinée aux aliénés !

« — Je le sais, me dit-il. Ma demande n'en est que mieux justifiée. Je suis fou.

« Bien que je sois accoutumé à bien des excentricités, celle-ci me parut dépasser quelque peu les bornes.

« — Vous me permettrez d'en douter, lui dis-je. Vous me paraissez en possession de toute votre raison.

« — Vous vous trompez, ajouta-t-il avec le même calme, je suis fou et, j'appuierai sur ce point, un des fous les plus dangereux qui existent.

« — Soit. Mais puisque vous êtes médecin, et des plus savants, je le sais, vous avez sans doute analysé votre état et pouvez aisément me donner les raisons de votre affirmation si péremptoire.

« Il fixait sur moi ses yeux d'une pénétration étrange. Je compris comment, dans la force de l'âge, cet homme avait dû être un des plus fervents et des plus convaincus adeptes du magnétisme. Il garda le silence pendant quelques minutes, se livrant complaisamment en quelque sorte à mon observation.

« Je repris alors :

« — En ce moment, sans doute, vous sentez que vous vous trouvez en ce que, acceptant votre hypothèse, j'appellerai un moment lucide ?

« — C'est une erreur.

« — Cependant je crois avoir quelque expérience, et je ne découvre en vous, en votre physionomie, en votre regard, aucun signe caractéristique de l'aliénation mentale.

« — Les folies les plus dangereuses, dit-il, sont celles que nul œil humain ne peut deviner.

« Et il ajouta, d'une voix basse à peine perceptible :

« — Il y a cinquante ans que je suis fou et personne, parmi les plus savants, n'a soupçonné mon état.

« — Mais enfin, cette folie, m'écriai-je, en quoi consiste-t-elle ? Avez-vous des visions ? Evoquez-vous les morts ? Croyez-vous être Mahomet ou Jésus-Christ ? Etes-vous de verre ? N'êtes-vous pas vous-même ?...

« — Je suis, reprit-il nettement, l'homme qui peut ne pas mourir et qui, jusqu'à ce jour, ne l'a pas voulu.

« — Ainsi, selon vous, c'est grâce à votre seule volonté que vous êtes parvenu à vivre cent dix ans ?

« — C'est cela.

« — Vous possédez des moyens infaillibles pour prolonger la vie humaine ?

« — Non pas la vie d'autrui, mais la mienne.

« — Le grand œuvre ! m'écriai-je, la pierre philosophale...

« — Point d'alchimie, dans le sens où vous l'entendez.

« — Et ce moyen, êtes-vous disposé à me le faire connaître ?

« Je constatais maintenant que j'avais affaire à un genre spécial de monomanie raisonnante, et je m'efforçais de pousser le sujet plus avant sur son propre terrain.

« — Je ne puis rien vous dire, reprit-il sans s'émouvoir, pour deux motifs...

« — Lesquels ?

« — Le premier, c'est qu'en vous dévoilant mon secret je courrais grand risque, en l'état actuel de la société, d'être traité comme un des pires criminels...

« — Mais, vous-même, vous reconnaissez-vous coupable ?

« — Non, en raison des lois supérieures de la lutte pour la vie. Oui, en face des préjugés régnants...

« — Avez-vous tué ?

« — Oui, me répondit-il sans hésiter.

« — Vos crimes ont-ils été découverts... ?

« — Non.

« — Ont-ils donné lieu à des poursuites contre des innocents ?

« — Non.

« — Cependant, vos victimes... que sont-elles devenues ? Les avez-vous fait disparaître ?

« — Non.

« — Et nul ne s'est aperçu qu'elles étaient mortes de mort violente ?

« — Personne.

« La folie se caractérisait de plus en plus.

« — Vous m'avez parlé de deux motifs qui vous imposaient le silence. Quel est le second ?

« — Je me tais, reprit-il d'un accent solennel, parce que, de deux choses l'une : ou, connaissant mon secret, vous seriez impuissant à vous en servir, ou, étant parvenu à en user, vous commettriez les crimes que j'ai commis...

« — Sans doute, fis-je en souriant, quelque préparation vénéneuse qui ne laisse aucune trace ?

« — Ne cherchez pas. Vous ne pourriez trouver. D'ailleurs coupons au court. Je viens chez vous, aliéniste, et je vous dis : « Je suis fou, fou dangereux. Voulez-vous m'interner ? »

« — Une entrée volontaire vous donnerait droit à une sortie volontaire. Je ne puis vous admettre chez moi qu'à la condition d'avoir toute autorité sur vous. Pour cela il vous faudra vous soumettre à l'examen de deux médecins dont le certificat sera ma garantie. Acceptez-vous cette condition ?

« — Oui. Mais, à mon tour, je pose mes conditions.

« — Je vous écoute.

« — Mon but, en entrant chez vous, est de mourir.

Tant que je serai libre, je suis sûr de vivre, n'ayant pas le courage de ne point user de mon secret. Ici, je ne pourrai le faire, et alors la nature agira seule. J'exige d'être traité comme vos autres pensionnaires à cette seule différence près que personne du dehors ne sera admis auprès de moi.

« — Avez-vous des parents, des amis ?

« — Je suis seul, tout seul. Nul n'a autorité sur moi.

« — Je puis vous assurer que votre désir sera respecté, à moins que l'administration supérieure n'exige votre comparution...

« — Oh ! cela m'importe peu. Donc, que personne, en dehors de vous et de vos infirmiers, ne parvienne jusqu'à moi. D'autre part, je puis vous affirmer que nul ne s'apercevra de ma folie, que je n'aurai ni accès de fureur, ni fantaisies excentriques. D'ailleurs, si vous observez fidèlement le traité que nous signons ici, dans trois mois... je serai mort.

« — Vous savez que la surveillance exercée par les gardiens écarte toute possibilité de suicide.

« — Oh ! ils ne pourront rien contre moi.

« — Vous savez encore qu'avant d'être interné dans le local que vous aurez choisi vous serez fouillé, visité si exactement qu'il vous sera impossible de conserver n'importe quelle substance vous permettant de vous donner la mort.

« — On ne me dépouillera pas de mes cent dix ans, fit-il en souriant pour la première fois depuis le début de notre entretien. Je connais la provision de vie qui reste en moi... douze semaines environ.

« Toute discussion étant inutile, je n'avais plus qu'à accepter mon étrange client, qui fixa lui-même des prix très élevés, en échange desquels il réclamait un grand confortable... »

Ici se terminait le manuscrit du docteur. En marge était inscrite cette note : « Pavillon 2, n° 17. »

J'avais lu ces lignes avec un intérêt profond, et, quand j'eus terminé, j'éprouvai un sentiment de désappointement. M. Vincent restait pour moi non moins énigmatique que par le passé.

Mon confrère rentra.

— Eh bien ! me demanda-t-il. Que pensez-vous de l'ancien mesmérien... ?

— Je ne sais trop que vous répondre. Il y a là une folie peu ordinaire. Mais j'y songe, M. Thévenin est entré ici le 15 avril, et nous voici au 10 septembre. Or, il est encore vivant : son diagnostic infaillible l'a donc trompé.

— Absolument.

— Comment s'est-il comporté depuis qu'il est votre hôte ?

— Comme interné, je n'en ai jamais rencontré de plus docile ni d'un commerce plus agréable. Il s'est prêté d'abord de la meilleure grâce à l'examen de deux de mes confrères, qui n'ont pas hésité à confirmer mon diagnostic de monomanie. C'était en fait un exemple assez banal de rectitude raisonnante sur tous les points, sauf un seul. Donc, sa situation étant régularisée, je n'eus plus d'autre but que de lui rendre ses dernières années — ou ses derniers mois — aussi agréables que possible. Je l'ai installé dans un pavillon isolé, avec un jardin assez spacieux. Deux infirmiers sont attachés spécialement à son service. Il s'est composé une bibliothèque scientifique des plus curieuses et paraît travailler. Un seul détail prouve le dérangement d'esprit. Pendant quinze jours de suite, il a passé plusieurs heures étendu nu sur la terre. Il m'avait d'ailleurs prévenu, ajoutant qu'il tentait une expérience. Comme c'était en juin, pendant une période réellement caniculaire, je ne crus pas devoir m'y opposer. Il y renonça bientôt de lui-même.

— Pendant le premier mois, je ne remarquai en lui aucun changement. Mais, à partir du milieu de mai, les symptômes de décrépitude commencèrent à se manifester et quand, en juin, il fit sa très singulière expérience, je crus véritablement qu'il avait bien prévu la date de sa mort en la fixant à trois mois. Quand l'accès de nudité — passez-moi l'expression— fut passé, nous reprîmes nos relations ordinaires. J'avoue que j'ai rarement rencontré chez un de mes confrères autant d'érudition et de hardiesse dans les aperçus. Si cet homme n'avait pas la double monomanie du magnétisme et de ce que j'appellerai sa prétendue volonté vitale, je le proclamerais un des plus grands savants d'aujourd'hui. Vers les premiers jours de juillet, je m'aperçus que ses forces déclinaient de plus en plus, sans d'ailleurs que la lucidité de son esprit diminuât. Seulement j'avais pitié, je l'avoue, de ce centenaire, seul, abandonné de tous, et qui passait ses dernières journées assis sur un fauteuil, cherchant le soleil revivifiant. Je m'aperçus un jour qu'il adorait les enfants, et j'amenai mon petit garçon auprès de lui. Je ne saurais vous décrire l'expression de joie qui éclaira son visage. Si je ne l'eusse aussi bien connu, j'aurais été presque effrayé de la lueur qui tout à coup passa dans ses yeux. Quant à mon petit Georges, sa sympathie n'hésita pas. Il courut à lui, comme s'il l'eût connu depuis de longues années. Ce fut une amitié subite, comme en conçoivent souvent les enfants. Et depuis lors il n'est pas de jour où Georges ne passe plusieurs heures auprès de lui. L'effet de cette distraction a été tel sur le centenaire qu'en vérité depuis lors il semble avoir retrouvé une nouvelle jeunesse... Oui, c'est comme un sang restauré qui coule dans ses veines. Sa maigreur a disparu, et je ne m'étonnerais pas qu'il eût un bail prolongé avec la vie. C'est une organisation étonnante.

— Mais ne me disiez-vous pas, lorsque je suis arrivé, que votre fils vous causait de son côté quelque inquiétude ?

— Oh! un peu de faiblesse, la fatigue de l'été... et puis la croissance. Je suis tranquille. Il y a deux mois, il avait trop de fraîcheur. Cela reviendra.

Depuis quelques instants, j'étais saisi du désir de revoir ce singulier personnage que j'avais aperçu seulement dans des circonstances assez bizarres. J'en fis part à mon confrère. Mais il me fit observer que l'engagement pris par lui s'opposait à ce qu'il y satisfît. Ne s'était-il pas formellement interdit d'introduire auprès de M. Vincent toute personne qui ne ferait pas partie du personnel de l'établissement?

Je n'avais qu'à m'incliner. Je n'insistai pas, et je pris congé de mon confrère, bien résolu d'ailleurs à écarter définitivement de mon esprit les idées incohérentes, presque folles, qui me hantaient douloureusement.

Oui, j'avais en moi je ne sais quelle épouvante inexpliquée qui tenait du vertige. Comme Pascal, je voyais un gouffre ouvert devant moi et, au fond, tout au fond, j'apercevais une face ricanante qui avait les traits de l'élève de Mesmer !

III

J'avais repris mes occupations et encore une fois perdu le souvenir agaçant de ce personnage quand, au matin d'un des premiers jours de novembre, je reçus une dépêche qui me causa une indicible émotion.

Elle était signée du docteur F..., et ainsi conçue :

« Mon enfant se meurt. Je fais appel à tous mes amis. Venez. »

Je bondis hors de mon fauteuil et, quelques instants après, je sautais dans une voiture dont le cocher, alléché par la promesse d'un fort pourboire, fouettait vigoureusement son cheval.

Je ne puis dire que cette dépêche me surprenait. Cachée sous les préoccupations de chaque jour, dont je me faisais un rempart contre les visions du ressouvenir, il était une pensée latente dont il me semblait que cette nouvelle fût l'explosion.

La silhouette de M. Vincent, gravée dans les lobes de mon cerveau, se liait invinciblement à celle d'un enfant, de cette pauvre fille que j'avais vue là-bas, morte avant d'être mourante, et qui m'avait laissé cette impression — absolument nulle au point de vue de la science vraie — d'un arrachement de la vie, de la force animique.

Et voici que, cette fois encore, l'apparition de ce centenaire, entêté à vivre, se confondait avec celle d'un enfant, si vigoureux, paraît-il, six mois auparavant, et mourant aujourd'hui !

Si long que fût le trajet, je n'en eus pas conscience, tant j'étais absorbé dans mes méditations, et, quand la voiture s'arrêta, quand le cocher, étant descendu, ouvrit la portière en me criant : « Bourgeois, nous y sommes ! » je descendis en chancelant comme un homme ivre, ne sachant ni où j'étais, ni où j'allais.

Ce fut instinctivement, et rien qu'instinctivement, que, salué par le concierge, je m'engageai dans la longue allée d'ormes qui conduisait au bâtiment principal.

Lorsque j'arrivai au perron, un infirmier, qui semblait faire sentinelle, me reconnut : sans même me demander mon nom, il me précéda dans la maison et, ouvrant une porte, m'introduisit dans un salon où, du premier coup d'œil, je reconnus quatre de mes confrères, sans doute appelés comme moi par dépêche, et qui me serrèrent silencieusement la main.

Après un court temps de silence que je ne cherchai

pas à troubler, incapable que j'eusse été de prononcer deux mots sensés, un d'eux prit la parole.

Ils avaient examiné l'enfant. Tous avaient constaté que les organes étaient sains et qu'ils ne présentaient aucun caractère de nature à faire redouter un dénouement fatal. Cependant, en dépit de ce diagnostic qui leur était commun, ils ne se dissimulaient pas que la situation était grave : il y avait dans le pauvre petit comme une exhaustion (ce mot me frappa) des facultés vitales, et cela sans qu'une lésion appréciable expliquât cette dégénérescence.

A ce moment, le père nous rejoignit : il était dans un état de désespoir qui faisait peine à voir. Ayant perdu deux ans auparavant une femme qu'il adorait, il avait reporté toutes ses affections sur ce petit être qu'un mal inconnu lui enlevait tout à coup. Il m'aperçut, vint à moi, voulut me parler : mais, empêché par les sanglots qui emplissaient sa gorge, il me prit par la main et m'entraîna.

Un instant après, j'étais auprès du lit ; et muet, glacé, je reconnaissais avec horreur ces mêmes apparences qui, il y avait dix ans de cela, avaient laissé dans mon esprit un trouble ineffaçable. L'enfant ne bougeait plus, semblait exsangue. C'était un épuisement total, comme si tout son sang eût coulé par une blessure invisible : et l'illusion était si complète que je demandai, en balbutiant, au pauvre père s'il n'y avait pas eu une hémorragie.

Il me répondit à voix basse. L'enfant n'avait subi aucun accident : cet effet de dépression s'était produit lentement ; puis tout à coup, en ces derniers jours, l'accélération du mal avait pris des allures foudroyantes. Pourtant l'avant-veille encore il courait dans le jardin.

— M. Vincent vit toujours ? demandai-je soudainement, obéissant à une impulsion dont je ne fus pas le maître.

J'aurais juré qu'une autre personnalité que la mienne avait parlé par ma bouche, tant ces mots avaient jailli à mon insu.

Le père ne parut pas surpris de ma question.

— Oui, et il est bien désolé ! Il aimait tant mon petit Georges, qui lui rendait bien son affection, d'ailleurs, car il ne voulait pas le quitter. Il a fallu l'emporter pour l'amener ici, et, malgré sa faiblesse, il résistait encore. C'était comme une attraction à laquelle il ne voulait pas se soustraire... Mais qu'importe M. Vincent ? Examinez l'enfant, et dites-moi — oh ! je vous en prie ! — dites-moi qu'on le sauvera...

Je n'avais pas le courage de proférer ce généreux mensonge : car, si encore mes confrères pouvaient conserver quelque espoir, moi... est-ce que je pouvais douter ? Et pourtant !... une idée encore obscure, germait dans mon cerveau.

Nous restions ainsi tous deux, le père n'osant plus me questionner, dans la crainte d'entendre tomber de mes lèvres l'arrêt de désespérance ; moi n'osant me laisser entraîner dans la voie mystérieuse où je me sentais invinciblement glisser.

Tout à coup des lèvres de l'enfant, une faible voix, comme un souffle, s'échappa :

— M. Vincent ! soupirait-il.

— Vous voyez, il veut voir encore son ami, dit le père.

Mais je m'étais déjà élancé vers la fenêtre... et, les rideaux écartés, je vis passer dans une allée cet homme que surveillaient deux infirmiers et qui se dirigeait vers la maison.

Je poussai un cri :

— Sur votre vie, clamai-je en m'adressant au père, ne quittez pas votre enfant d'une seconde, et, quoi que je fasse, quoi qu'on vienne vous dire de moi, dites que j'agis par votre ordre.

— Mais que voulez-vous dire ?

— N'oubliez pas... par votre ordre !

Et sans m'expliquer davantage, car je voyais l'enfant qui peu à peu se soulevait, je m'élançai dehors.

Sur le seuil du perron, je vis M. Vincent qui se disposait à monter.

— Je vous défends de faire un pas en avant ! lui dis-je violemment, en le saisissant par le bras.

— Qui êtes-vous ? Que me voulez-vous ? dit-il.

Et se tournant vers les infirmiers qui s'étaient arrêtés interdits :

— Je veux parler à votre maître...

— Et moi, je vous répète que vous ne passerez pas. J'agis d'après les ordres du docteur F... lui-même, qui ordonne que vous soyez réintégré à l'instant dans votre pavillon.

Je me nommai aux infirmiers, qui ne jugèrent pas à propos de me désobéir ; d'ailleurs, j'avais passé solidement mon bras sous celui du vieillard et je l'entraînais rapidement. Il n'était pas de force à me résister.

— Vous, dis-je à l'un des deux hommes, allez auprès de votre maître et dites-lui que je serai de retour dans une demi-heure ; ajoutez que je tente un suprême effort pour sauver son enfant.

Nous étions arrivés au pavillon. Je fis entrer M. Vincent et nous nous trouvâmes seuls, tous deux, dans le petit jardin sur lequel les arbres étendaient la voûte de leurs feuilles automnales.

Enfin je me trouvais donc en face de cet homme !... Je le regardai.

Il était très pâle et, dans sa face blanche et bouffie, ses yeux semblaient deux trous noirs et brillants.

Nous restâmes ainsi quelques instants, l'un devant l'autre, comme deux ennemis qui s'examinent avant le combat. J'étais en proie à une colère qui me faisait trembler, mais qui devait communiquer à mon regard un éclat excessif. Car ses yeux, à lui, semblaient fuir les miens.

Tout à coup, j'étendis le bras vers lui, et, lui touchant l'épaule :

— Monsieur Vincent de Bossaye de Thévenin, lui dis-je, vous êtes un assassin !

Il ne répondit pas ; mais cette fois il me regarda à son tour, bien à plein.

— Oh ! n'essayez pas de me fasciner, repris-je en ricanant. Je ne suis pas un enfant.. moi, et vous ne me tuerez pas...

Il releva la tête d'un air de défi.

— Que me voulez-vous ? dit-il ; je ne vous connais pas...

— Mais je vous connais, moi ! monsieur Vincent. Vous souvenez-vous d'une pauvre mère (je lui citai la rue et la date) qui, il y a dix ans, vint chercher un médecin pour un enfant, une jeune fille qui se mourait ?... Vous souvenez-vous que ce médecin vous rencontra dans la première pièce... et cela...

J'accentuai chaque mot distinctement, lentement :

— ... Alors qu'une minute auparavant, en entendant le bruit de vos pas, la malheureuse avait tenté un dernier effort pour aller à vous et était retombée morte dans mes bras...

—Ah ! c'était vous ! fit M. Vincent.

— Oui, c'était moi qui vis aussi ce phénomène étrange : la métamorphose presque instantanée d'un homme vigoureux, au teint frais, aux allures relativement vigoureuses, en un vieillard brisé, pâli, écrasé.

— Continuez.

— Vous souvenez-vous encore que ce soir-là vous avez tenté d'amener une brave femme, la concierge de la maison que vous habitiez, à vous confier son enfant...

— Elle refusa. C'est exact ...

— Il y a dix ans de cela... et je vous retrouve ici, encore vivant, vous que la mort guette et menace... Vivant... tandis que là haut un enfant se meurt, sans lésion intérieure, sans maladie scientifiquement appréciable... Or, comprenez-vous maintenant, monsieur Vincent, pourquoi je vous ai empêché d'entrer dans cette maison où vous vous introduisiez pour voler sur les lèvres de l'agonisant le dernier souffle de vie auquel la vôtre est attachée ?...

— Entrons ! dit M. Vincent en me désignant la porte du pavillon.

Il parlait avec une parfaite simplicité, sans irritation. Je lui obéis, et nous nous trouvâmes dans un cabinet dont les murs disparaissaient sous des rayons de livres.

Il me désigna un siège, s'assit à son tour et me dit :

— Que supposez-vous ?...

J'avais recouvré mon calme : je constatai que je n'obtiendrais rien de cet homme par intimidation. Aussi repris-je avec plus de sang-froid :

— Je ne suppose pas... je sais...

— Quoi ?...

— Vous vous livrez depuis votre jeunesse, depuis près d'un siècle, aux pratiques du magnétisme. Quels sont vos moyens d'action, je l'ignore. La science actuelle découvre en ce moment les lois de l'hypnotisme et de la suggestion ; mais elle n'a encore obtenu aucun des résultats que vous recherchez et que vous avez atteints. Je m'empare de vos propres paroles. Votre science, à vous, est criminelle : « elle centuple la terrible inégalité qui fait, dans la lutte pour la vie, les vainqueurs et les vaincus ». Je pars de votre aveu, je m'en empare et je vous dis que vous êtes un assassin ! Osez me dire que je ne suis pas sur la voie de la vérité...

M. Vincent laissa tomber sa tête dans sa main, parut réfléchir pendant quelques instants, puis, se redressant, il reprit :

— Pourquoi ne vous ai-je pas rencontré plus tôt ?

— Regretteriez-vous d'aventure de ne m'avoir point appris votre abominable science ?...

— Nulle science n'est abominable, reprit-il gravement. Le scalpel aux mains du chirurgien peut être un outil de meurtre ; l'hypnotisme et la suggestion dont vous me parlez peuvent être des instruments de crime...

— Votre science, à vous, n'est que criminelle...

— Ne dites pas cela. Entre elle et l'usage que j'en ai fait, il y a toute la distance qui sépare le bien du mal, le remède du poison...

— Vous avouez donc !

— J'avoue. Aussi bien je me fais horreur à moi-même moins en raison des crimes commis, que de la lâcheté qui m'a poussé à les commettre...

— La lâcheté de vous être attaqué à des enfants !

— Non, ce n'est pas cela. La lâcheté de n'avoir pas voulu mourir.

— Expliquez-vous, car il me semble que je suis emporté dans un cauchemar.

— Oui, je veux parler. Seulement j'exige de vous un serment...

— Lequel ?

— Vous êtes homme de science. Je vais vous revéler le secret suprême, mais vous prenez l'engagement solennel de ne jamais en user vous-même...

— Ai-je besoin de jurer de n'être point criminel ?

— Et de ne jamais le révéler à personne...

— Je vous le jure.

— Eh bien, écoutez-moi. Il y a en l'homme trois

périodes distinctes : l'une de rayonnement, c'est l'enfance jusqu'aux extrêmes limites de l'adolescence ; la seconde, de consommation, qui va jusqu'à la fin de l'âge mûr ; puis la troisième, de réduction, qui est la vieillesse et se termine par la mort.

« De l'organisme vivant, de l'homme surtout, qui est jusqu'ici la plus complète expression de la vie, s'exhale pendant la première période le trop-plein de la vitalité. L'enfant absorbe plus de fluide vital qu'il n'en consomme, et de tout son être rayonne une force en excès. Dans la seconde période l'être consomme autant qu'il absorbe. C'est l'équilibre des forts. Dans la vieillesse, cet équilibre est rompu ; la résorption est inférieure à la consommation, la dépense vitale est supérieure à l'acquisition, d'où la faiblesse, d'où la mort.

« Maintenant, en l'état actuel de la science, il vous paraît impossible, n'est-il pas vrai ? qu'un homme, un vieillard, puisse rompre ces lois de la nature et, par des pratiques spéciales, voler à l'enfant, par exemple, ces effluves vitaux qui sont en excès, et même, par une sorte d'endosmose, attirer à lui tout le fluide dont une partie seule, celle extérieure, serait à sa disposition immédiate. Là est pourtant la vérité. Oui, je suis un criminel, oui, je suis un assassin, car depuis quarante ans je procède, nouvel Eson, à un rajeunissement perpétuel de moi-même. Oui, j'ai tué des enfants, mais non pas, comme les ignorants le pourraient croire ou comme l'avait follement inventé Jean-Henri Cohausen dans son *Hermippus redivivus*, en absorbant l'air qui s'échappe des poumons de l'enfant, ou bien encore à la façon des Vudoklacks légendaires en suçant leur sang... non pas, mais en attirant à moi le fluide vital qui s'échappe en excès de tout leur organisme...

« Ah ! si j'avais eu le courage de m'en tenir là ! Mais, je vous l'avoue, il n'est pas d'ivresse plus profonde, plus attrayante, plus follement heureuse que celle-là ! Quand dans les membres refroidis pénètre ce fluide chaud et vivifiant ; quand l'imbibition s'accomplit, pénétrant les pores, se glissant à tous les organes, c'est la jouissance inouïe, entière, absolue... c'est la sensation de la résurrection, si un cadavre pouvait se sentir renaître !...

« Et toujours je me criais : « Arrête-toi, mais « arrête-toi donc ! » et toujours mon être tout entier continuait à boire ces effluves... Et je tuais ! et j'assassinais !... ne conservant pour tout remords qu'une soif inassouvie !...

« Par les doigts, par le regard — oh ! par le regard surtout — s'exerce cette attraction qui donne à la victime une sensation d'abandon de soi-même, non pas douloureuse, mais délicieusement enivrante !... »

Il parlait ! il parlait toujours, le misérable vieillard, ayant dans la voix, dans les yeux la volupté d'un spasme... et je ne l'interrompais pas, par épouvante peut-être... que sais-je ?...

Et lui, sentant que j'étais dominé par son horrible et sublime infamie, il me disait tout : quelles passes devaient exécuter les mains, quelle direction il fallait donner aux regards ; et je l'écoutais, enfouissant au plus profond de mon âme ces enseignements hideux qui m'enivraient comme une liqueur vénéneuse !...

— Et maintenant que j'ai tout dit, s'écria-t-il enfin, il faut que je meure... Conduisez-moi auprès de l'enfant !

— Horrible vieillard ! m'écriai-je. Veux-tu donc que je te serve de complice !

Il se pencha à mon oreille et, en vérité, il me sembla que sa voix était comme une liqueur subtile qui coulait en moi...

— Toi que j'ai initié, me dit-il, ne comprends-tu pas que *notre* science nous donne également le pouvoir de la restitution ? Je ne vis que de ce que j'ai volé à cet enfant, et je t'ai dit que je voulais mourir.

Et je lui obéis. Je n'aurais pas pu ne pas lui obéir.

Tous deux nous remontâmes le perron ; tous deux nous pénétrâmes dans la maison ; tous deux nous entrâmes dans le salon où les quatre médecins causaient encore à voix basse, et de là dans la chambre où agonisait l'enfant...

L'enfant, qui avait reconnu le pas de M. Vincent et qui s'était soulevé, les yeux tournés, les bras tendus vers lui...

C'était l'instant suprême, l'instant atroce dont je me souvenais, et qui avait précédé, comme le coup précède la souffrance, la mort de la jeune fille.

Les médecins étaient entrés derrière nous ; le père s'était dressé, ne comprenant pas, mais ayant, comme les désespérés, l'espoir du miracle.

Je vis le corps de l'enfant osciller, hésiter entre deux mouvements, l'élan ou le recul.

M. Vincent le regardait de ses pupilles agrandies, et il s'avançait lentement, les mains inertes en apparence, mais actives... pour moi, pour moi qui savais tout. .

L'enfant se recoucha doucement. M. Vincent s'approchait toujours. Enfin, il posa sa main sur le front du petit malade. Et soudain je vis — oh ! je n'en peux douter — une poussée de rose s'étendre sur son visage, éclairer ses lèvres, en même temps qu'une lueur s'allumait au fond de ses yeux éteints. Et je comprenais bien, moi... moi seul ! Cet homme *réinjectait* en l'enfant la vie qu'il lui avait volée...

— Votre enfant est sauvé, dit le vieillard d'une voix qui n'était plus qu'un souffle.

Puis, se tournant vers les médecins et se redressant légèrement :

— Messieurs, dit-il, vous porterez témoignage que le docteur de Bossaye de Thévenin, le dernier élève de Mesmer, a ressuscité un mort..

Disant cela, il chancela et il serait tombé à terre si je ne l'avais soutenu.

— Emportez-moi, me dit-il tout bas, là-bas au pavillon.

Je le soulevai dans mes bras. Ce corps n'avait plus de poids, et je le déposai sur son lit.

Là, obéissant à son ultime désir, je restai auprès de lui, et il me parla longtemps, longtemps, d'une voix qui allait toujours s'affaiblissant, et il me confia des choses que jamais oreille mortelle n'avait entendues et qui me faisaient frissonner.

Ces choses, je les sais et je ne puis les oublier : et j'ai peur de la vieillesse qui vient et qui peut rendre criminel !

. . . .

L'enfant vécut.

M. Vincent mourut le lendemain.

Un de mes confrères me rencontra quelques jours après et me dit :

— Avez-vous vu ce vieux charlatan ! comme il a su se faire honneur d'une réaction naturelle !

Et moi, je sais... et j'ai peur de ma science !

IMPRIMERIE E. ARRAULT ET Cie, TOURS.

Défauts constatés sur le document original

Contraste insuffisant ou différent, mauvaise qualité d'impression

www.ingramcontent.com/pod-product-compliance
Ingram Content Group UK Ltd.
Pitfield, Milton Keynes, MK11 3LW, UK
UKHW031951260826
14628UKWH00004B/1991